LE
TE DEVM FRANCOIS,
OV
CANTIQVE ROYAL,

Sur la délivrance de Messieurs les Princes,

Et la fuite du Mazarin,

Anagramme entier & parfait.

IVLE MAZARIN,
VIL ZANI ARME'.

Qu'est-ce que dit MAZARIN? que dit IVLE?
En ce beau nom quel sens est renfermé?
Il signifie en vn sens ridicule,
Vn VIL ZANI contre la France ARME'.

LE TE DEVM Françoiss, OV CANTIQVE ROYAL,

Sur la deliurance de Messieurs les Princes,
Et la fuite du Mazarin.

O Grand Dieu nous vous benissons,
De toute la manufacture
Dont la merueilleuse structure,
Nous faict tant de sainctes leçons:
Toute la Republique humaine
Releue de vostre Domaine
Nous le protestons à genoux,
Et que dans tout ce grand espace
En plein fief nous tenons de vous
L'estre naturel & la grace.

Vous estes le pere eternel
Les Roys vos enfans le confessent,
Et iusqu'aux animaux qui paissent
S'estend vostre soin paternel:
Vostre prouidence admirée
Des trois Estats de l'Empirée
Se manifeste en ceste Cour
Par des aduantures estranges,
Dont ie vous offre nuit & iour
L'encens des hommes & des Anges.

Comme ie vous l'ay dit ſouuent
Auec vne ferme aſſeurance,
I'ay mis en vous mon eſperance
Non en aucun Prince viuant:
En vous ſeul ma force conſiſte,
En vous ſeul mon regne ſubſiſte,
Et puis que d'vn culte aſſidu
Ie vous ad[illegible] eſtime
Ie ne ſeray point confondu
Au feu de l'Eternel abiſme.

Vous aurez touſiours ſoin de moy
Ie n'auray point de Citadelles
Que l'amour des peuples fidelles
Qui me cognoiſſent pour leur Roy:
Ie le dis & ie le publie
Qu'vniuerſellement i'oublie
Les tumultes de mes ſujets:
Et toute la gloire où i'aſpire
Eſt de faire vne bonne paix
Dedans & dehors mon Empire.

Ie fermeray mon Arcenal,
Ie reſtabliray mes Prouinces
Souz le gouuernement des Princes
Et ie perdray le Cardinal,
I'empeſcheray qu'il peruertiſſe
Les Miniſtres de la Iuſtice
Comme il a fait mes courtiſans:
Et deſia moy meſme en perſonne
A ce Tribun de Partiſans
I'oſte mon Sceptre & ma Couronne.

Pour regner de nom & d'effet,
Quand il sera loing de la Reyne,
Ie commanderay qu'on le prene,
Et que son procez luy soit fait,
Cet infracteur des Ordonnances,
De la milice & des Finances,
Ne scauroit estre assez puny,
Si l'espouuentable Machine,
De mon Royaume desuny,
Ne l'escrase comme Conchine.

Il a beau m'offrir les tresors,
Dont luy mesme à vuidé mes coffres,
Ie refuse toutes ses offres,
Et i'elude tous ses efforts,
Quiconque se reconcilie,
Auec ce fourbe d'Italie,
Est infailliblement trahy,
Il a mis tout Paris en trouble,
Et de chacun il est hay,
Comme chacun sçait qu'il est double.

Mais i'appaiseray les discords,
Des souueraines compagnies,
Qui se plaignent des tyrannies,
Qu'il exerce contre leurs Corps,
Ie le rendray si ridicule,
En qualité de Seigneur Iule,
Et sous le nom de Mazarin,
Que peut estre ce meschant homme,
Sous vn habit de Pelerin,
Ira se faire pendre à Rome.

Si du Pape il est rejetté,
Comme l'opprobre de l'Eglise
Et qu'il se retire à Venise,
Pour estre plus en seureté
Bien-tost sa noire perfidie,
Le fera passer en Candie,
Et l'Archipelague agité
De sa fortune turbulente,
Armera le Turc irrité
Contre sa personne insolente.

La Mer honteuse du larcin,
Qu'il a fait d'vne somme immense
De tout le bel or de la France,
L'ira vomir au pont Euxin,
Les quatre Elements en dispute
Sur le prodige de sa cheute
Dissiperont tous ses effets,
Et ce Politique funeste
Auec tous les vols qu'il a faits,
Perira de faim ou de peste.

Possible il moura tout viuant,
Par quelque Monstre maritime
Qui l'engloutira dans l'Abime,
Battu de la gresle & du vent
Comme sa naissance incertaine
A mis tous les hommes en peine,
Au temps de sa prosperité
Estant priué de sepulture,
Sa fin à la posterité
Doit estre encore plus obscure.

Qu'il s'en aille donc l'inhumain,
Que iamais plus ie ne le voye
Et qu'on le brusle ou qu'on le noye,
Plustost au iourd'huy que demain
Que son Eminence badine
Parte de nuict à la sourdine,
Qu'il assemble les Vagabons
Pour les mener en Angleterre,
Et qu'a la maison des Bourbons
Il cesse de faire la guerre.

Que ses filous soient des Barons,
En quelque pays des Sauuages
Et s'emparant de leurs riuages,
Qu'il deuienne Roy des Hurons
Pour conquerir le nouueau Monde,
Ou par le hoc ou par la fronde
Auec tous ses gens sans adueu,
Que son engeance Mazarine
Et ses niepces & son Nepueu,
Soient exposés à la marine.

Que Dom Thadée & Mancini,
Pour debiter hors du Royaume
Des sauonnettes & du baume,
Accompagnent ce grand Zani,
Auec ce fameux Saltinbanque
Ils estalleront à la Blanque,
Non le Pontificat Romain
Mais quelque iolie vtencile,
Qui sera faicte de la main
De ce Ramonneur de Sicile.

Que les Gascons ses adherans,
Comme Despernon & Candale,
Qui ne tiennent point à scandale,
De vouloir estre ses parens
Ne soient plus d'vne humeur altiere,
Leur brauoure est vne matiere
D'epigrammes & de rondeaux,
Et leur petulente saillie,
A fait rire ceux de Bourdeaux,
De leur entreprise faillie.

Si par caprice ou par raison,
Mon peuple brise leur Carrosse,
Et leur chante vne iniure atroce
Diffamatoire à leur maison,
Ils sçauront en ceste disgrace
Combien on abhorre la race,
Des Tyranneaux & fauoris
Et leur colere meprisée,
Des Harangeres de Paris
Sera conuertie en risée.

Si leur Escusson est destruit,
Si leurs armes sont barbouillées,
Et leurs portieres depouillées
Qu'ils n'en facent point tant de bruit,
Encore qu'on rompe la cloche
Que porte le Seigneur de Loche,
Et que son nom soit meprisé
Il ne luy peut estre incommode,
D'auoir vn Carrosse brisé
Mais au contraire c'est la mode.

Que

Que tous les autres confidens,
De ce voleur de benefices
Pourueus d'Eueschés ou d'Offices
De Maltotiers & d'Intendans,
Soient deliberés de le suiure
Ou qu'ils se repentent de viure,
D'vn si miserable mestier
Et dans ceste affaire pressée
Qu'ils n'esperent plus de quartier,
Apres la quinzaine passee.

Le Duc nullement liberal,
Dont l'Ame toute Cardinale
Eut le renom d'estre venale,
Des qu'il fut receu General
N'aille plus à l'Hostel de Ville,
Par vne contrainte seruile,
Offrir son espée au fourreau,
Il court risque ce Prince indigne
D'estre jetté sur le carreau,
Pour sa matoiserie insigne.

Son braue Cadet malheureux
En la seule estime commune
Pour auoir fait peu de fortune
Apres tant d'exploits genereux,
En son Cabinet se retire
Iusqu'à ce qu'on luy vienne dire,
Qu'il peut sortir en seureté
Et que ie puis dés mon bas age,
Vaincre l'extreme pauureté
Qui luy fait peur de son visage.

Les quatre vaillants Mareſchaux
De ceſte derniere campagne
A leur arriuée en Champagne,
Ne ſoient plus ſi prompts ny ſi chaux,
Ie n'ayme guere les battailles,
Qui mangent le fonds de mes Tailles
Pour rendre mon nom immortel,
Et la Gaſette eſt vne ſotte
De faire tant ſonner Rethel,
Qu'on eut repris à coups de motte.

Enfin que ce grand Conquerant,
De Chaumieres & de Bicoques
Quoy que ſubtil en equiuoques,
Sçache qu'il eſt vn ignorant
Le Vice-Roy de Catelogne,
Ou le Gouuerneur de Boulogne,
Le conduiſe au port de Calais,
Et qu'en chemin il luy ſouuienne
Des Bonnets quarrez du Palais,
Et des bonnets ronds de la Guyenne.

Sans armement & ſans Canon,
Qu'on enleue ce beau Monarque,
Et que ſans biſcuit on l'embarque
Auec ceux qui portent ſon nom,
Que la tempeſte le Balote
Sans Gouuernail & ſans Pilote,
Pourueu que bien loing de nos yeux
Vn horrible Demon l'emporte,
La France n'en ira que mieux
Quand il perira de la ſorte.

Cependant i'iray desarmer,
Sur nos Frontieres effrayées,
Toutes nos trouppes mal payées,
Qu'il est besoin de reformer
Ie rempliray d'hommes capables,
Non d'ignorants ny de coupables
Le nombre des Beneficiers,
Et desormais la simonie
Par mes souuuerains Officiers,
Sera seuerement punie.

Le Peculat pareillement,
Et tous autres crimes enormes
Seront condamnez par les formes,
De mon Illustre Parlement,
Ces Magistrats incompatibles
Auec les juges corruptibles,
Ayans soustenu tout le faix
De la Monarchie ebranlée
M'ayderont à faire la paix,
De la Chretienté desolée.

Ouy ! grand Dieu ie vous le promets,
Et i'engage dans ma promesse
Ceste genereuse Noblesse,
Qui ne m'abandonne iamais
Lors de mon sacre magnifiquē,
Du titre de Roy pacifique
Ie desire estre couronné,
Et prendre ce nom tres auguste
Digne de LOVIS DIEV DONNE'
Successeur de LOVIS LE IVSTE.

FIN.

Sur la Rime de Mazarin, Et de son Partisan Marin.

EPIGRAMME.

PVisque le Partisan MARIN,
Rime aussi bien à MAZARIN,
Que Panade à Capilotade,
Il est bon comme celuy-cy,
Est mis à LA MAZARINADE,
Que cet autre soit mis aussi,
Dans vn plat à LA MARINADE.

www.ingramcontent.com/pod-product-compliance
Lightning Source LLC
LaVergne TN
LVHW051024060726
842524LV00007B/2735

* 9 7 8 2 3 2 9 1 3 9 3 0 2 *